祈り

山尾三省

野草社

目次

III 祈り

造本・組版設計——堀渕伸治　編集協力——礒辺憲央

祈り

山尾三省

永遠の青い海
わたしは　それである
わたしは　そこからきた意識の形であるから
そこへ還る
意識の底がぬけて
そこへ還る
永遠の青い海

I

帰島

海

海は
わたくしたちの　いのちの　原郷です
わたくしたちは　海から生まれ　そこへ　還ります

四十六億年前
太陽系とともに　地球が生まれました
四十六億年前
すでに地球は　水を確保し　太陽系の中で唯一の水惑星で　ありました

一千四百万年前　新生代第三紀の頃
その海の底から　屋久島が隆起しはじめました
一万年前
屋久島は　ほぼ現形に鎮座しておりました

六千年前
その海辺で　すでに原初の屋久島人《びと》が
夕陽を送りつつ　朝日をあがめつつ　楽しく暮らしていました
今から六千年の後
この島で
未来の屋久島人《びと》たちが
はたして　楽しく暮らしているだろうか――

海は

わたくしたちの　いのちの　原郷です
わたくしたちは　海から生まれ　永く　そこへ還ります

永田浜　正月

美しく　空晴れわたり
砂浜は　白く輝いて
みわたすかぎり　人影もない
一九九六年　お正月六日

この青すぎる海へ　初詣する
柏手はうたず
合掌もせず
砂浜に　ただ腰をおろして　青海《あおみ》を観る

四十六億年の　このふたつとない　生命《いのち》の
青海《あおみ》を　観る
四十六億分の一の
この年が　正しく始まったことを感謝し

この真昼を
こうして感受できることを　感謝しつつ
なおも　より深い平和と　実りが
この地上に　見られることを　願う

〈願う〉ということと
東シナ海という地理が　ここに広がるということは
決して　別のことではない

わたしたちは

この青海《あおみ》の〈願い〉から生みだされて
四十六億年をかけて
はるばるここまで　たどりついた
〈願い〉の果ての　またひとつの
青く染められた
わたしたちという　尊い〈願い〉なのであるから

美しく　空晴れわたり
砂浜は　まぶしく白く輝いて
みわたすかぎり　人影もない
一九九六年　お正月六日

その青すぎる海へ　初詣する
柏手はうたず
合掌もせず
砂浜に　ただ腰をおろして　その〈願い〉をたしかめる

雨水節《うすいせつ》

暖かな小雨の中で
上下の雨合羽をつけて　大工仕事をする
言葉のいらぬ　幸福の仕事

三寸角材の寸法を取り　鋸《のこ》で引き
鑿《のみ》で枘《ほぞ》をつくり　枘穴《ほぞあな》を掘る
結果が出てくる　確かな仕事

一時間　二時間　三時間

近くで猿も啼いていて
小雨の降りつづく　ゆっくりとした　全人格の仕事

やがて　一間四方分の
床《ゆか》材の刻みが終わる
少し早いが　今日はここまで

濡れた石に　そのまま腰をおろして
タバコの火もつけて眺めわたすと
なんと

アオモジの花が　もう満開に
もくもくと盛りあがっているではないか
最上の人生が　そこに花咲いているではないか

春

その日の矢筈崎の海は
イワタイゲキの黄色の花叢《むら》れであった
イワタイゲキに遇《あ》うのは
昨年以来　ほぼ一年ぶりのことである

無人の岩浜に　ひっそりと
けれども勁《つよ》く咲いている　その花に出遇うと
なぜか　太古代に出遇っていると感じ
太古のカミに出遇っていることを感じる

島びとの心の底には
いつでも　そんな静かな確かな花が
ひっそりと　けれども力勁く咲いてあって
わたくしもそれを願うゆえに

今日もまたこうして
この浜へとくだってくるらしい
静かで　確かな生活
カミの見える生活

それは
近現代の全産業生活に　匹敵するほどにも
ふかく　勁いものであり

大切なものであるはずだ
真水《まみず》のように澄んだ
四十六億年の海のかたわらに咲く
イワタイゲキの花が
（静かに　確かに）そのことを証明している

永田・いなか浜

永田・いなか浜は　癒《いや》しの浜である
ヒナギキョウの青い花が
地の星のように　散り咲いている砂の上に
深く腰を沈めて　眺めれば

時を求める人には
永い時を
静謐《せいひつ》を求める人には
静かな　波の音を

無人を求める人には
ただ砂浜と　青海《あおみ》のひろがりを
夕陽を求める人には
夕陽を
アカウミガメを尋《たず》ねる人には
アカウミガメを
いのちを尋ねる人には
永い　いのちを
神を尋ねる人には
神を
そして　永劫《えいごう》の星空を尋ねる人には
永劫の星空を
与えてくれる

カラスノエンドウの小さな花が
真昼の夢のように　群れ咲いている
無人の　永田・いなか浜は　深い癒しの浜である

エナントオルニス

一九九四年の五月
岐阜県の荘川村というところで
エナントオルニスという小鳥の　一本の足骨《あしぼね》の化石が見つかった

長さ七ミリ　直径一・二ミリ　幅二ミリの
つまようじの先ほどの大きさの　この化石は
一億三千五百万年前（白亜紀前期）のもので
日本では最古の　鳥の化石であるという

一億三千五百万年前の　一羽の小鳥の足の化石が
今ここに在る　ぼくにメッセージしてくるものは
ぼく達もまた　現代の
エナントオルニスという名の　その小鳥なのであり

この惑星上で　今
かつての　その小鳥達と同じく
生老病死の　美しいうたを　歌いつづけているのだ
と　いうことであった（その小鳥達が歌うならば…ではあるが）

つまようじの先ほどの　美しいうたを
この地上の　万象とともに
小鳥のように　エナントオルニスのように
心から　歌いつづけてゆくのだ　ということであった

ちなみに　その種の化石は
中国やスペインでも見つかっており
始祖鳥と同じくらいに　古いものなのだそうである

やまがら

初夏《はつなつ》の空にむけて
ツツピーッ　ツツピーッ　と
やまがらが鳴く

友達よ（わたくしよ）
肩の力をぬいて
ありのままに
このやまがらの　声を聴こうではないか

一羽のやまがらが鳴き
もう一羽のやまがらが鳴いて
ツツピーッ　ツツピーッ　と
鳴きかわす声は

もっとも真実な
人間の対話のようだし
もっとも真実な
人間の喜びのようだ

友達よ（わたくしよ）
肩の力をぬいて
野望ではない　真実の
一羽のやまがらで　あろうではないか

初夏《はつなつ》の　青空にむけて
ツツピーッ　ツツピーッ　と
美しく　やまがらが鳴いている

がらっぱぐさ

今日　がらっぱぐさ（どくだみ・十薬）の花を見た
雨の中で
どきん　と
胸つまるほど　明かるく　美しく
今年はじめて
がらっぱぐさの　花を見た

カチコ先生に
電話で　知らせてあげなくては

梅雨時《ながしどき》

やっと雨がやんで
今日は　うす陽がさしている

それ干そう　洗濯物
たくさんのおむつ
たくさんの　小さなシャツや　ズボン

こんな楽しいことは　どこにでもあるわけでない

若いころは
洗濯も　洗濯物干しも
仕事と呼べないことだと　思っていたが
今はもう　すっかり悔い改めた

一枚　一枚
ばん　ばんとはたいて
うす陽にむけて　一枚一枚
洗濯物を　干す
こんな有難いことが　この世にはある

やっと雨がやんで

今日は　洗濯物が　干せる
それ干そう　うす青い空にむけて

ハマゴウ

そろそろ二十年も　この島に住んで
この夏
ぼくははじめて　ハマゴウの花を知った

ハマゴウは
海岸の砂地に自生する　頑丈なつる性の植物で
夏には青紫の　海の色の花を咲かせる

毎年その花を眼にしながら

眼の前の海が　あまりに青紫なので
その花を見ることが　なかったのだ

漁師であった神宮君が　その青紫の海で死んで
ちょうど三十日目の午後
子供たちを浜遊びさせながら

その花に出遇った
出遇った瞬間
それが　ずっと探しつづけてきた
原郷の花　であることを知ったが

神宮君が逝かなくては
そのことを　それと知ることはできない運命に

なっていたのだとも　考える

三十日の　虚脱にひとしい悲しみにおいて
わたくしには　ハマゴウという原郷の花が宿り
海はいちだんと　青紫を深め

原郷性を深め
カミと呼ぶに
いっそうふさわしいものとなった

この夏は
神宮君が三十九歳で逝き
ハマゴウとなって　還ってきた夏であった

白むくげ

白むくげ　散りやまず
白むくげ　散りやまず
ひかり　在り

この惑星に
この　銀河系の　ふるさとに
白むくげ　散りやまず
白むくげ　咲きやまず

悲《ひ》　在り

この　ふるさとに
この　都市　町《まち》　村《むら》に

白むくげ　散りやまず
白むくげ　咲きやまず
悲《ひ》のひかり　在り

この　青山《せいざん》に
この一九九七年　八月の海に

十月

ふようが　咲く
秋が　咲く
島が　咲く
わたくしが　咲く

ふようが　うつろ
秋が　うつろ
島が　うつろ
わたくしが　うつろ

ふようが　咲く
秋が　咲く
島が　咲く
わたくしが　咲く

帰島

ひとつの旅を終えて
島に帰る

船から眺める　島山は
千四百万年の時間を秘めて
降りそそぐ陽のうちに　青く静まり

ここが　おのれの原郷であり
また

生命の島であることを　示す

港には
子らと妻が迎え待ち
にこにこ笑い

ここが　おのれの島であり
また
生命の島であることを　示す
千四百万年の
生命の島

たがいに譲り合い

分け合い　助け合い　愛し合ってきた　千四百万年の
生命の島

原郷の島へ
ひとつの旅を終えて　帰りつく

II

土の道

土の道

土の道を　歩いてみなさい
そこには　どっしりと深い　安心があります

畑の中の道でも
田んぼの中の道でも
森の道でも
海辺の道でも

土の道を　歩いてみなさい

そこには　いのちを甦《よみが》えす　安心があります

畑の中の道でも
野原の道でも
島の道でも
アジア　アフリカの道でも

土の道を　じっくりと　歩いてみなさい
そこには　いのちが還る　大安心があります

白露節《はくろせつ》

秋日晴天にして
涼風わたり　陽はしみこむ

わたくし達は　個人ではなく
深く　この秋天と
大地に属しているものである

むろん　わたくし達は個人であり
どこまでも　個を尋《たず》ねていくものであるが

秋日晴天にして
涼風わたり　陽はしみこむ

わたくし達は　個人ではなく
この深い青空と　大地に属し
祖先と子孫に　属しているもの達である

この世界という善光寺

善光寺様
善光寺様
この世界という　善光寺様

秋の陽あふれ
アキノノゲシ　ヤンバルヒコダイ
ヒキオコシ　ススキ　カルカヤ　ゲンノショウコ

讃《たた》えても　讃えても

讃えつくすことは及ばず
涙　あふれる

大いなる
この世界という　善光寺様
この大地という　善光寺様

秋の陽あふれ
アキノノゲシ　ヤンバルヒコダイ
ヒキオコシ　ススキ　カルカヤ　ゲンノショウコ

無印良品

わたし達人間は
百の草のようなものである
無印良品の　それぞれの草
ひそやかに伸び
ひそやかに花咲かせ
ひそやかに種子を結んで　枯れていく

だからといって

むろん苦労がないわけではない
そこに根をおろす　深い苦労が
それ　という草の形をつくる

わたし達人間は
百の草のようなものである
無印良品の　万の草のようなものである

大寒の夜

石油ストーヴの上では　ヤカンがチンチンと沸《わ》き
ぼくはコタツで　枇杷《びわ》の葉温 灸《おんきゆう》を施されている

背中のツボから　お腹のツボ
首すじから頭のてっぺんまでのツボ
両脚《あし》の三里《さんり》から　足裏のツボまで　ゆっくりゆっくり

施し手は妻
素人《しろうと》ながら　わが最上の主治医

夫婦というものが　こんな有難いものになろうとは
これまでは　知らなかった　知らなかったぞ

石油ストーヴの上では　ヤカンがチンチンと沸き
ぼくはコタツで　よい匂いの
妻の枇杷の葉温灸を　施されている

善光寺様の紀

いきなり
深刻な進行性転移ガンであると　告知されて
わたくしは　大変に参りました

これまでの
百倍も深い実感において
目前の死に　向き合ったのですから
それはいたしかたありません

最初の夜を心から〈永劫仏の断片〉であることを唱えて
なんとか　のりきりました

次の日には
〈一日暮らし〉という言葉が　訪れてきました
よく知られている
正受老人《しょうじゅ》（一六四二〜一七二一）の言葉です

これから死ぬまでの　限られた日々を
今日が最後　今日が最後と
一日一日と　暮らしていこうと　考えたのです

その一日暮らしを始めて　二日目には
〈善光寺様〉という事実が

訪れてきました

妻や子供達や弟妹
医者や　友人達や　それぞれの時の濃密な流れぐあい
わたくしをとりかこむ　この小さいけれども
無二の世界が

そのまま　善光寺様そのものとして
突然に静かな光を放ちはじめたのです
その光は　しばらく前から届いてはいたのですが
今度こそは　十倍も明らかな光となり
善光寺様　そのものとなりました

善光寺様

善光寺様
この世界という　善光寺様と
静かに　妻と語り合い
喜び合うことまでできました

四日目には
罪　ということが訪れてきました
友人の治療師から　まことに真綿のように柔らかく

ガンになるには
長い過去の　その原因があることを　教えられたからです
わたくしの一日暮らしは　それゆえに

わたくしの内なる罪を　相手に向けて
告白し
罪ある者であることを　陽にさらすことでも
なくてはなりません

さあ
いそがしく　なりました
大変に充実した　一日一日が始まりました

一日一日
ひとつひとつの時刻を
じっくり　ゆっくり　深く深く

善光寺様　善光寺様と称え

そのことに導かれながら
なすべきことを　なしていこうと思っています
そしてそのことが　極楽というものの　正体であったのです

わらって　わらって

わたくしたちの　いのちの
本当の底は　咲《わら》っているのではないでしょうか

それで　春になって
たくさんの花たちが　咲きはじめると
わたしたちも　われしらず　うれしくなってしまうのでは
ないでしょうか

春になって　土から湯気がたち昇りはじめると

その湯気が　咲《わら》っているように感じられて
体の底から　うれしくなってしまうのではないでしょうか

わたくしたちの　いのちの　本当の底は
咲《わら》っているのだと　ぼくは思います
だから　おお　遠慮なくぼくたちも

　わらって　わらって
わらって　わらって

内は深い

鈴木大拙《だいせつ》（一八七〇～一九六六）という仏法者が残された言葉に、

外は広い
内は深い

という、簡単至極なものがあるそうである。

和田重正先生の言葉もそうであるが、エライ方の残された言葉というのは、単純、素朴でありながら、心の深みへずしんと心地よく響きこんでくる。

鈴木大拙老師の、

外は広い
内は深い

などはその典型で、あたりまえのことを、あたりまえに言い切っただけであるのに、その言葉ひとつで、この生死荒波の人生や社会を、終わりまで乗り切っていけそうな気持になってくる。

まことに、外は広く、内は深いのである。

わけても、内は深い。

私達の「意識」という内は、外なる宇宙存在と全く同じく、広く深いのである。

だから、「意識」が微笑めば、宇宙も微笑み、「意識」が笑えば、宇宙も笑う。笑う門には福きたり、立春大吉、となるのである。

尊敬《リスペクト》

ウグイスへの尊敬《そんけい》
妻への尊敬
石への尊敬

風への尊敬
先達への尊敬
土への尊敬
先住民族への尊敬
水への尊敬

太陽への尊敬

自分の心の深奥《じんおう》への尊敬
すべてのいのちへの尊敬
月と星々への尊敬

場所への尊敬
親と祖先への尊敬
子供への尊敬

尊敬《リスペクト》のある未来社会が　今
足もとの土から始まっています

ウグイスの啼声から

なぜか今年の春は、しきりにウグイスが啼く。

一月の半ばから啼きはじめて、二月、三月と次第にその頻《ひん》度《ど》が高くなり、春の彼岸に入った今は、里じゅうで朝から晩までウグイスが啼きしきっている。

大都市ならともかく、島暮らしの身には、ウグイスなどはさして珍しい鳥ではないが、数年ぶりにまるでわが世の春が訪れたが如くに大繁栄しているその声を聞いていると、おのずからその一族への尊敬心がわき出してきて、いのちというものは、こんなにも軽やかで賑やかで、全山に充ち充ちているものであったことを、思いしらされる。

ホーホケキョウ、ホーホケキョウ、と素朴きわまりない啼声であるが、そんな素朴な歌を、全山で日がな一日精一杯に歌いつづけているウグイス達のいのちを、「尊い」と感じるのは、ぼくが病という場に身を置いて気が弱っているからだろうか。

それとも逆に、病んでいるからこそ、この世界に充ちている「尊いもの」の姿や振動が、よく見え、感じられてくるのだろうか。

足の裏踏み

閑《かん》ちゃんは　二年だから
父さんの　足の裏踏み　五十回
一、二、三、四……五十回　有難う

すみれちゃんは　四年だから
足の裏踏み　七十回
一、二、三、四……七十回　有難う

海彦は六年だから

足の裏踏み　百回
一、二、三、四……百回　有難う

病気になって父さんは　このごろ思うのだが
結局人生は　この有難うということを
心から言うためにこそ　あったのだ
有難う
ありがとう　子供たち

窓

夜来の大雨があがって、お天気は午前中をかけて少しずつ回復し、午後になると、窓いっぱいにすっかり青空が広がってきた。

布団に横になったまま、その青空を眺めていると、白雲のきれはしが東から西へ、次から次へと流れてきては消えていく。

時には大きな灰色雲のかたまりがやってきて、すっかり青空を濁してしまうが、しばらくするとそのかたまりは跡形もなく去って、また窓いっぱいに青空が広がり、輝いてくれる。

白雲のきれはしが、まるで楽しい出来事のように、流れてきては去っていく。

窓をいくこの風景は、何かとても大切なことを示していると感じられて、よく考えてみたら、そこに広がる青空というのは、ぼく達のいのちそのものなのであり、流れゆく白雲のきれはしは、そこから湧き出す様ざまなぼく達の思いの形なのだった。

いのちは、青空。

思いは白雲。

病床のおかげで、そんな単純なことを味わっています。

風

五月の風が　耳元で
やさしく語る

ぼくはね
かつて生まれたこともない存在だから
死ぬこともない

ただ　今を　吹いているだけ
どこからか　吹いてきて

どこかへ　吹いていく

不《ふ》生《しょう》という　むつかしい事柄が　ぼくの本性
不滅という　あり得ない事柄が　ぼくの本性

そよそよと　さやさやと
そよそよと　さやさやと

五月の風が　耳元で
やさしく語る　その一瞬　一瞬の
とろけるような　幸せです

散髪

布団の中で、痛みに耐えて、くの字型に寝ていることが多くなったが、そんなことばかりではじり貧だと、お天気のよいある日に、家の外に木椅子を持ち出して、そこで妻に散髪をしてもらうことになった。

家の外には五月の陽が降りそそぎ、五月の風がさわやかに吹いていて、気のせいか、痛みさえなくなったようですらある。

「スティーヴ・マックィーンのようにね」

昔のアメリカ人俳優の名を告げて、いつものようにチョキチョキと快適な妻のハサミの音がすすみ、髪の毛が短くなるにつれて、頭の皮膚にも風がしみこんでくるようになる。

これまでに、何十回、何百回となく繰り返してきた妻の手になる散髪であるが、もしかするとこれが最後かと思うと、有難さはひとしおで、耳元のチョキンチョキンというハサミの音が、澄んだ至福の音楽のようですらある。

谷川の流れが、その背後で、永遠というもうひとつの音を響かせてはいるが、そのほとりで人間のカップルのぼく達は、すべてのことを了解し合った上で、カニの床屋さんごっこをやっているのである。

爪きり

――闘病

梅雨に入って　空はまっくら
時々おびただしく　神鳴りも鳴って
いくさきが　見えない

仕方なく
妻に爪をきってもらうのだが
それが　ぷっちん　ぱっちん　まことにうれしい音がして
不意に涙がこぼれてしまった

こんないい音がしたんじゃあ
死ねなくなっちゃうよ

どんどんそうなってもらわなくちゃ
力を抜いて　いい気持になってねー

こっちはその反対で　いつ死んでもいい覚悟ってのを
やってるだんだけどなあ

そんな覚悟は十年先で充分
ぷっちん　ぱっちん
ぷっちん　ぱっちん

ターミナルケア

これからのターミナルケアは、家で死ぬ、ということが段々とまた中心に戻ってくると思う。

少なくともぼくはそう願っているし、家族、家庭というものの総合的な在り方というものも、そういう方向性が一番好もしい、と思ってもいる。

ただし、ここで大問題になるのは、誰がその病人の面倒を見るか、ということで、妻、ないし夫、ないし子供に一方的な負担がかかるのでは、この家庭内大往生という理想論も、社会的には机上の空論になりかねない。

しかしながら、三世代なり、四世代なりの家族が連なっていて、その上から順番に、実際に家族の中で家族が死んでいくという理想は、人類史というより大きな枠組の中でも、必ずやある種の形を留めて維持、継続されていくのでなくてはならないと思う。「くだかけ」★の果たすべき役割は、子供社会の再建から始まって、当然のことではあるが、親の死なせ方、自分の死に方の問題にまでかかわらずにはおられなくなったといわねばなるまい。

★くだかけ会——子どものしあわせを願い、その現状を改善しようと、おとなである親・教師が「よく生きる」ことをテーマに学び合う場として、一九七八年に和田重正氏の提唱によって発足。「くだかけ」はニワトリの古語。親ドリがヒヨコに心をくだく、心をかけるの意。

いってらっしゃーい

橙々《だいだい》色の　のうぜんかずらの花のトンネルの下を
朝　子供達が学校に出かける

二年生の閑ちゃん　行ってらっしゃーい
行ってきまあーす
四年生のすみれちゃん　行ってらっしゃーい
行ってきまあーす
一人ずつ声を掛け　一人ずつ声を返してくれるうれしさ　有難さ
六年生の海彦　行ってらっしゃーい

行ってきまあーす

そんな風に　ぼくもこの世を去る時
行ってきまあーす　と　元気に声を出し
行ってらっしゃーい　と　見送られたいものだ
橙々《だいだい》色の　のうぜんかずらの花の　トンネルの下を

生《しょう》死《じ》

生きていることと、死んでいくこととは、朝がくるのと夜がくるのと同じように、一枚の大きなブッダの掌《てのひら》の内の出来事なのだが、ぼく達無知の者どもには、死んでいくことや、夜が来ること（孤独な出来事）だけが、ブッダに関係する出来事、つまり仏教的な出来事であるかのような錯覚がありま す。

極楽は死後に行く場所であるという観念や、夜一人でしんしんと孤独になった時に、何となく宗教的な気分になったりすることに、そのことは象徴されていると思います。

物質と意識は等質のものであり、いずこかの究極において絶えず互換されているという事実は、いずれ証明されずにはおれないと思いますが、目下のところは直感として、私達が生きていることも死んでいくことも、ブッダの大いなる掌《てのひら》の内の出来事であると実感すると、私達の人生は奈良の大仏さんの庭で鹿にせんべいを食べさせているかのように、安心なものに変わります。鹿がばりばりとせんべいを食べて、日が暮れて、また夜が明けるだけなのです。

III

祈り

祈り

僕が　いちばん好きな僕の状態は
祈っている　僕である
両掌を合わせ
より深く　より高いものに
かなしく光りつつ祈っている時である

それなのに
日常生活の七十パーセントか　九十九パーセントは
そういう時とは無縁に過ごしています

どうか
祈りの時が
両掌を合わせずとも
少しでも多く　少しでも深く　持続して訪れますように

僕がいちばん好きな
僕の状態になれますように
月のように
照らされつつ　ひとしく光るものでありますように

ひと

夜も昼も絶えず
春も秋も絶えることのない　ひとつの銀色の光がある

ひとは　その光の中に生まれる
その光の中で育ち
その光の中でひととなる

悲しみと喜びを問わず
ときには絶望も問わず　その底にはひとつの銀色の光がある

ひとは　その光の中に生きる
その光は見えず
その光は届かず　あることさえも気づかれず
ひとは　なおその光の中に生きている

夜も昼も絶えず
春も秋も絶えることのない　雨のような銀色の光がある

母が逝き
その年が明けて
世界孤独という言葉をはじめて持った時に

その光が　はじめてわたくしに届いた

それは　不断光と呼ばれている　ほとけの光で
不断　ということが特質の　寂《しづ》かな銀色の光りであった

そんな光に出遇うことは　まことにさびしいことであったが
気がついてみれば　それは

ひとが生まれる前から　そこに在り
ひとの成長を見守り
ひとの成熟を看取り

ひとが老い　死に去ってから後も
変わらずそこに在る

永劫の銀色の光
ひと　という銀色の寂かな光なのであった

眼に見えず降りしきる　銀色の雨
永劫の宇宙実在として降りしきる

わたくしという銀色の光
不断光

夜も昼も絶えず
春も秋も絶えることのない　ただひとつの銀色の光がある

この永劫《あみだぶつ》という事実の中で

真夜中に
ごおごおと吹きわたる
北西風の音を聴いていると

その風が
まぎれもなく　永劫《あみだぶつ》という事実　であることがわかる
そこで　その風にむけて　わたくしは
南無　阿弥陀仏　と

深く　讃える

永劫《あみだぶつ》の風よ
永劫《あみだぶつ》の風よ　と　讃えるのである

夜が明けて
うららかな　朝ともなれば
小川の土手に
アオモジの花が　むくむくと満開で
その花が
まぎれもなく　永劫《あみだぶつ》という事実　であることがわかる
そこで　その花にむけて　わたくしは
南無　阿弥陀仏　と
深く　讃える

永劫の命よ
永劫の命よ　と　讃えるのである

この永劫という事実は
夜も　朝も　昼も
わたくしが　それを知ろうと　知るまいと
それを讃えようと　讃えまいと

わたくしを取りまいて　そこに在り
わたくし自身もまた　その大いなる一部分であるにすぎない
そこで　その事実にむけて

永劫《あみだぶつ》という事実よ

永劫《あみだぶつ》という事実よ　と
心の底から　わたくしは讃えるのである

朝日に溶けて

――栗野・愚静庵

山の峰に　朝日がのぼると
そこらいちめんは　金色にかがやき
霜ばしらから　枯草から
きらきらと　しずかに水蒸気が立ちのぼる

それは　この百年をかけて
わたくしたち日本人が
皆で　忘れ去ってきた風景である

山の峰に　朝日がのぼると
世界いちめんは　金色にかがやき
谷川の底の石たちまでも
きらきらと　光晶を放つ

それは　この百年をかけて
わたくしたち現代人が
皆で　過去のものとしてきた風景である

山の峰に　朝日がのぼると
わたくし自身の心も　金色に溶けて
しずかに　まぶしい
朝の　ひかりとなる

それは　この百年をかけて
わたくしたち近代人の皆が　失ってきた
朝日（永劫如来《あみだ》）という
深くて単純な　事実である

白木蓮

白木蓮が　咲きはじめた
白色《はくしょく》 白光《びゃくこう》
生死一如の
南無不可思議光仏が　咲きはじめた

人は　仏は眼に見えないといい
宗教は　虚偽であるといい
阿弥陀仏の浄土などは　存在しないというが

それは　その人の無知と
傲慢と怠惰を　表明しているだけのことで
ただこの悪い時代に
流されているだけのことである

宗教というのは
究極の生理学であり　経済学であり
究極の科学そのものでさえあるのだから

生理学を拒むことはできず
経済学を拒むことはできず
全科学を拒むことはできないように
私たちは　宗教を拒むことはできない

拒むとすれば　それはこの悪い時代の
傲慢と怠惰と無知に
ただ身を任せているだけのことである

白木蓮の　花が咲きはじめた
白色白光　永劫回帰
生死一如の
南無不可思議光仏が　咲きはじめた

四《し》大《だい》五《ご》蘊《うん》

四大（四つの大いなるもの）について　言えば
わたし達は　土からできている
だから土を　大切にしなければならない
わたし達は　水からできている
だから水を　尊敬しなくてはならない

わたし達は　火からできている
だから火を　見詰めなくてはならない

わたし達は　風からできている
だから風を　清らかに保たねばならない

五蘊皆空《ごうんかいくう》（五つの蘊《かたま》りには実体がない）について　言えば
わたし達の体というかたまりの源は
土である
わたし達の感受というかたまりの源は
水である

わたし達の想いというかたまりの源は
火である

わたし達の行いというかたまりの源は
風である

そして　わたし達の意識は
土と　水と　火と　風の

四大が集まって生じた
悲苦喜楽する　蘊《かたま》りにすぎない

このことわりを

五蘊皆空にして
四大（阿弥陀仏）に還る　という

永劫の断片としての私《わたくし》

人間とは何か
私とは何か　という
日常世間からは忘れられた問いを
正面に立て　生涯をかけて
どこまでも追っていくのが
お寺　という場の仕事であり　詩人の仕事でもあります
お寺には昔から

阿弥陀様という如来が　座っておられますが
人間とは何か
私とは何か

という問いと　阿弥陀様の間に
どんな関係があるのかといえば

人間というものは
また　私というものは
（私達を生み出した）この永劫宇宙の　断片であることが
昔から知られていたのです

阿弥陀様というのは
人格化された　永劫宇宙の姿であり

私達は　どのように思考や文明を展開させたとしても
この永劫宇宙の
断片であることから
逃れることは　できません

ですから　ありのままに
その永劫宇宙の　断片としてあり

ありのままに
南無不可思議光仏　と
永劫宇宙を讃えることが
その断片としての私の

喜びとなり
知慧の完成ともなります

人間とは何か
私とは何か　という
世間にあっては難しい問いを
正面に立て　生涯をかけて

どこまでも追っていくのが
お寺という場の仕事であり　詩というものの仕事です

永劫と今

わたくしが　今
南無永劫如来　と称えると
そこには　ほかならぬ永劫として
永劫如来が　実在しておられる
永劫は　今の中に映り
今は　永劫の中に映されてある
わたくしにとっては

それは　今の究極の恩寵であり
永劫が与えてくれる　究極の結論である

なぜこのようなことになるのか　といえば
わたくしという存在は
わたくし達にとっては
畢竟　わたくしという意識であり

この意識が永劫を映せば（呼べば）
そのままわたくしは永劫となり
永劫以外のものではなくなり
それが同時に
恩寵とも　結論ともなるからである

わたくしには
こうして
永劫の内に生き　永劫の内に死んでいくことが
もっとも意識にかなった
寂静された生死であると　感じられるからである

永劫は　今の中に映り
今は　永劫の中に映されてある

わたくしが今
南無永劫如来　と称えるならば
そこには　ほかならぬ永劫として
永劫如来が　実在しておられる

星《ふし》遊《あし》び

晴れわたった　冬の夜空の　頂天に
オリオン星座が　賑やかに　どっしりと
如来様のように座り

その中央で　またぼくの三《み》連《つら》星《ぼし》が
つつましく　きちんと　三つ並んで
いつの日かは　ここへ還ってきなさいと
きらきら　きらきら
美しくまたたいている

ね。
だからぼくは言うのだ
人間は　死んでから極楽へなど行きはしないし
極楽などという特別の場所が　あの世のどこかにあるわけでもない

それなのに
眼に見える星を　自分の星と定め
自分の永劫仏《あみだぶつ》と定めておけば
生きている間に　永劫仏《あみだぶつ》に抱きしめられてしまう以上に
死んでからも真直ぐにその星に還り

その星がお浄土とも　極楽ともなる

生きている内から　夜ごとに極楽の三連星《みつらぼし》を眺め

死んでからもそこに還るのであれば
生死は一如の　極楽浄土
讃えても讃えても
讃え尽くせない　南無不可思議光仏

ぼく達が　星々から生まれ出てきたことこそは
南無不可思議光仏
だから　その星を定めることこそは
南無不可思議光仏
星々こそは　まことに眼に見える永劫の
南無不可思議光仏

ね。
そんな星遊《ふしあし》び（沖縄の言葉）をしている私です

海辺の生物《いきもの》たち

海辺の生物たち　というと
ぼく達はすぐに　ウニやヒトデや　貝たちや
小ガニの姿などを思い浮かべるけれど
じつはぼく達人間も
そうした海辺の生物たちの　一員にすぎない。

人間っていうのは
海辺の生物の一員だったんだって考えると
それだけでとてもうれしくなるが

それだけではない。

人間というのは
永遠という
それ自体　光であり　究極であり　至福でもある存在の
ほとりに住む生物たちの一員であり
その名を呼ぶことさえもできるもので
事実として
その結晶体でさえあるものである。

人間っていうのは
海辺の生物の一員であり
海の結晶の　ひとつの形なんだって想うと
それだけでうれしくなるが

それだけではない。

人間というのは
永遠の永遠という
それ自体　光であり　究極であり　至福でもある存在の
人間という名の結晶体でもある。

ね。
それだから今日もぼくは
青い海のほとりで　つまり永遠のほとりで
海を讃える歌と
永遠を讃える歌を
ヒトデのようにウニのように歌っているのです。

全身微笑

全身微笑という　特別な人格を
ぼくが体現できたわけではないが

まずはその言葉が　突然にやってきて
それは
足の先から　頭のてっぺんまでの
何億兆ともいう細胞たちのひとつひとつが
それぞれに微笑み

その結果として
このしかつめらしいぼくという人格も　おのずから
ひとつの全身微笑に　成就し
まるで小原理恵さんの描く　お地蔵さんのように

ほっこりと微笑している

という　本格的な願い　つまり

全身微笑地蔵菩薩への　心からの発心《ほっしん》が
今ここに　樹《た》ちました

ぼくの全身の細胞たちよ　だから　これからは
さあ　咲《わら》って咲って　咲って咲って

桃の花

桃の花が五分ほどに咲いてきた
桃の花を見ていると
自然に
赤ちゃんをだっこしているような　やさしい気持になってくる

桃源郷というのは
地上のどこかにある　不思議な郷《くに》ではなくて
じつはその　やさしい気持　のことであったろう

桃の花を見て　やさしい気持になって
その気持で
また　桃の花を見る

そうしていると
桃の花も　こちらも
お互いに深まりあって　ずんずんやさしくなって
そこが　この世の桃源郷　なのであった

そう気づいてみると
桃の花が咲いているところであれば
そこはどこでも　桃源郷で
桃源郷はいつでもそこに存在していることが　了解されるのだった

一月の青空浄土のもとで

一月の青空浄土のもとで
わたくしをみがこう
わたくしという　孤
わたくしという　個を
なによりも　大切にみがいていこう

一月の青空浄土のもとで
わたくしの場で　深まろう
わたくしが選んだ　この場

わたくしが選ばされた　この場
わたくしである　この場に
深まっていこう

孤（個）とは　すなわち
その場のことであり
場とは　すなわち
そこにある孤（個）のことに　ほかならない

一月の青空浄土のもとで
孤（個）をみがき
場に深まっていこう

秋の祈り

――辻 幹雄さんに

金木犀咲き匂う秋の日に
祈りの心が　たどりつく

わたしの心が　静かでありますよう
あなたの心が　静かでありますよう

わたしの心が　流れますよう
あなたの心が　流れますよう

金木犀咲き匂う秋の日に
祈りの心が　たどりつく

わたしの心が　人を責めませんよう
あなたの心が　人を責めませんよう

わたしの心が　そこに仏（神）を見ますよう
あなたの心が　そこに仏（神）を見ますよう

金木犀咲き匂う秋の日に
祈りの心が　たどりつく

わたしの心が　傲《おご》りませんよう

あなたの心が　傲りませんよう
わたしの心が　幸《さきわ》いますよう
あなたの心が　幸いますよう

金木犀咲き匂う秋の日に
祈りの心が　たどりつく

わたしの心が　流れますよう
あなたの心が　流れますよう
わたしの心が　幸《さきわ》いますよう
あなたの心が　幸いますよう

金木犀咲き匂う秋の日に
祈りの心が　たどりつく
祈りの心が　たどりつく

祈り

南無浄瑠璃光
海の薬師如来
われらの　病んだ心身を　癒したまえ
その深い　青の呼吸で　癒したまえ

南無浄瑠璃光
山の薬師如来
われらの　病んだ欲望を　癒したまえ
その深い　青の呼吸で　癒したまえ

南無浄瑠璃光
川の薬師如来
われらの　病んだ眠りを　癒したまえ
その深い　せせらぎの音に　やすらかな枕を戻したまえ

南無浄瑠璃光
われら　人の内なる薬師如来
われらの　病んだ科学を　癒したまえ
科学をして　すべての生命《いのち》に奉仕する　手立てとなさしめたまえ

南無浄瑠璃光
樹木の薬師如来
われらの　沈み悲しむ心を　祝わしたまえ

樹《た》ち尽くす　その青の姿に
われらもまた　深く樹ち尽くすことを　学ばせたまえ

南無浄瑠璃光
風の薬師如来
われらの　閉じた呼吸を　解き放ちたまえ
大いなる　その青の道すじに　解き放ちたまえ

南無浄瑠璃光
虚空なる薬師如来
われらの　乱れ怖れる心を　溶かし去りたまえ
その大いなる　青の透明に　溶かし去りたまえ

南無浄瑠璃光

大地の薬師如来
われらの　病んだ文明社会を　癒したまえ
多様なる　大地なる花々において
単相なる　われらの文明社会を　潤《うるお》したまえ
Om《オーム》 huru《フル》 huru《フル》 Candāli《チャンダーリ》 mātangi《マータンギー》 Svāhā《スヴァーハー》
（薬師如来　真言）

劫《ごう》火《か》――神宮寺　アバロホール　広島原爆の火の為の詩

南無浄瑠璃光
われら人の内なる薬師如来
われらの　日本国憲法第九条をして
世界の　すべての国々の憲法第九条に　取り入れさせたまえ
人類をして　武器のない恒久平和の基盤の上に　立たしめたまえ

永遠の青い海
日記・詩・感想ノート／2001 年 5 月 2 日

I 帰 島

海
『季刊 生命の島』第 40 号 平成 8（1996）年冬　生命の島

永田浜　正月
『季刊 生命の島』第 37 号 平成 8（1996）年春　生命の島
『ナーム』2000 年 6 月号　水書坊
『日月燈明如来の贈りもの』2001 年 11 月　水書坊

雨水節
『季刊 生命の島』第 45 号 平成 10（1998）年陽春　生命の島

春
『季刊 生命の島』第 38 号 平成 8（1996）年夏　生命の島

永田・いなか浜
『季刊 生命の島』第 39 号 平成 8（1996）年秋　生命の島

エナントオルニス
『季刊 生命の島』第 41 号 平成 9（1997）年春　生命の島
『南の光のなかで』2002 年 4 月　野草社

やまがら
『季刊 生命の島』第 42 号 平成 9（1997）年夏　生命の島

がらっぱぐさ
『季刊 生命の島』第 35 号 平成 7（1995）年夏　生命の島

梅雨時
『季刊 生命の島』第 35 号 平成 7（1995）年夏　生命の島

ハマゴウ
『自然生活』第 10 集 1996 年 10 月　野草社
『南の光のなかで』2002 年 4 月　野草社

白むくげ
『季刊 生命の島』第43号　平成9（1997）年 秋　生命の島

十月
『季刊 生命の島』第36号　平成7（1995）年 秋・冬　生命の島

帰島
『季刊 生命の島』第57号　平成13（2001）年 秋　生命の島

II 土 の 道

土の道
『くだかけ』平成12（2000）年10月号　くだかけ社

白露節
『くだかけ』平成12（2000）年11月号　くだかけ社

この世界という善光寺
『くだかけ』平成12（2000）年12月号　くだかけ社
『ナーム』2001年1月号　水書坊
『日月燈明如来の贈りもの』2001年11月　水書坊

無印良品
『くだかけ』平成13（2001）年1・2月合併号　くだかけ社

大寒の夜
『くだかけ』平成13（2001）年3月号　くだかけ社

善光寺様の紀
『せいがん』第53号　2000年12月 年末年始号　栖岸院

わらって　わらって［内は深い］
『くだかけ』平成13（2001）年4月号　くだかけ社

尊敬［ウグイスの啼声から］
『くだかけ』平成13（2001）年5月号　くだかけ社

足の裏踏み［窓］
『くだかけ』平成13（2001）年6月号　くだかけ社

風 ［散髪］
『くだかけ』平成 13（2001）年 7 月号　くだかけ社

爪きり ［ターミナルケア］
『くだかけ』平成 13（2001）年 8・9 月合併号　くだかけ社

いってらっしゃーい ［生死］
『くだかけ』平成 13（2001）年 10 月号　くだかけ社

III 祈り

祈り
日記・詩・感想ノート／1988 年 10 月 4 日

ひと
日記・詩・感想ノート／1994 年 9 月 18 日、30 日

この永劫という事実の中で
『せいがん』第 39 号　1998 年 3 月 春彼岸号　栖岸院
『南無不可思議光仏』2000 年 12 月　オフィス 21

朝日に溶けて
『せいがん』第 48 号　1999 年 12 月 年末年始号　栖岸院
『南無不可思議光仏』2000 年 12 月　オフィス 21

白木蓮
『せいがん』第 49 号　2000 年 3 月 春彼岸号　栖岸院
『ナーム』2000 年 5 月号　水書坊
『南無不可思議光仏』2000 年 12 月　オフィス 21
『日月燈明如来の贈りもの』2001 年 11 月　水書坊

四大五蘊
『せいがん』第 50 号　2000 年 5 月 施餓鬼号　栖岸院
『南無不可思議光仏』2000 年 12 月　オフィス 21

永劫の断片としての私
『せいがん』第 51 号　2000 年 9 月 秋彼岸号　栖岸院
『南無不可思議光仏』2000 年 12 月　オフィス 21

永劫と今
『せいがん』第52号　2000年10月 お十夜号　栖岸院

星遊び
『せいがん』第54号　2001年3月 春彼岸号　栖岸院
『僧伽』第2号　2001年4月　神宮寺

海辺の生物たち
『せいがん』第55号　2001年5月 施餓鬼号　栖岸院
『南の光のなかで』2002年4月　野草社

全身微笑
『僧伽』第2号　2001年4月　神宮寺

桃の花
日記・詩・感想ノート／1995年3月15日

一月の青空浄土のもとで
日記・詩・感想ノート／2000年1月4日

秋の祈り
『生命の島』第58号　平成13（2001）年12月 冬　生命の島

祈り
詩集『新月』1991年6月　くだかけ社
『森の家から』1995年7月　草光舎
『自然生活』第9集　1995年7月　野草社
『はなぞの』第71号　1999年1月　神宮寺
『ナーム』2001年5月号　水書坊
『日月燈明如来の贈りもの』2001年11月　水書坊

劫火
日記・詩・感想ノート／2001年6月10日

山尾三省◎やまお・さんせい

一九三八年、東京・神田に生まれる。早稲田大学文学部西洋哲学科中退。六七年、「部族」と称する対抗文化コミューン運動を起こす。七三〜七四年、インド・ネパールの聖地を一年間巡礼。七五年、東京・西荻窪のほびっと村の創立に参加し、無農薬野菜の販売を手がける。七七年、家族とともに屋久島の一湊白川山に移住し、耕し、詩作し、祈る暮らしを続ける。二〇〇一年八月二十八日、逝去。

著書『聖老人』『アニミズムという希望』『リグ・ヴェーダの智慧』『南の光のなかで』『原郷への道』『水が流れている』『インド巡礼日記』『ネパール巡礼日記』『ここで暮らす楽しみ』『森羅万象の中へ』（以上、野草社）、『法華経の森を歩く』『日月燈明如来の贈りもの』（以上、水書坊）、『ジョーがくれた石』『カミを詠んだ一茶の俳句』（以上、地湧社）ほか。

詩集『びろう葉帽子の下で』『祈り』（以上、野草社）、『新月』『三光鳥』『親和力』（以上、くだかけ社）ほか。

祈り

二〇〇二年八月二八日　第一版第一刷発行
二〇一三年五月一〇日　第一版第二刷発行

著者――山尾三省
発行者――石垣雅設
発行所――野草社
東京都文京区本郷二・五・一二　〒一一三・〇〇三三
TEL 03-3815-1701　FAX 03-3815-1422
静岡県袋井市可睡の杜四・一　〒四三七・〇一二七
TEL 0538-48-7351　FAX 0538-48-7353
発売元――新泉社
東京都文京区本郷二・五・一二
TEL 03-3815-1662　FAX 03-3815-1422
印刷――太平印刷社
製本――榎本製本
ISBN978-4-7877-0282-1　C0092